**Das 4te Kapitel
Los Nietos**

**Das 5te Kapitel
Caravaning La Manga**

**Das 6te Kapitel
Caravaning La Manga**

DAS 4te KAPITEL

August 2003 bis August 2010

Herstellung und Verlag: BoD - Books on Demand, Norderstedt
ISBN 978-3-7448-1648-9

DAS 4-TE KAPITEL

Tja, nun sind wir schon über 5 Jahre in Spanien, und ich denke es wird so langsam Zeit `mal wieder was auf`s Papier zu bringen. Schauen wir `mal!! Ich weiß zwar noch nicht wo ich anfangen soll, aber mir wird da schon noch etwas einfallen.

Nachdem wir uns auf unseren Liegeplatz eingelebt hatten (die Gegebenheiten waren uns ja noch genügend vom Vorjahr bekannt, nur der Hafenmeister, Carlo, war neu), haben wir erst einmal unser Umfeld, was ja von nun an unser neues Zuhause sei sollte, inspiziert. Dabei haben wir dann auch Betty und Walter, die ja das Jahr zuvor mit ihrem Schiff >SINDBAD<

Unser Sindbad ist bereit zur Weiterfahrt

auf Tour waren, kennen gelernt, und haben dabei festgestellt, das die beiden, aus Franken stammenden

1

Seefahrer, recht angenehme Leute sind. Gab es in der nächsten Zeit doch recht viel zu erzählen, Betty und Walter von Ihren Sommerreisen im Mittelmeer, und wir von unserer Anreise über die Flüsse, Kanäle und natürlich über die große, weite See (Mittelmeer). Alle die anderen Bekannten, die wir im Jahre 2002 schon kennen gelernt hatten waren gut drauf (ist hier im sonnigen Spanien ja auch nicht anders zu erwarten). Nur Paule war mit seinem Katamaran nicht mehr da. Wir hatten noch einige Male mit seiner, in Bispingen wohnenden Tochter, Kontakt per E-Mail, aber letztendlich haben wir nichts mehr von Paule gehört, schade. Aber dafür haben wir im laufe der Zeit noch viele andere nette Leute kennen gelernt.

Als wir die erste Hafenrunde mit unserem Hund ARON gelaufen sind, hat er wohl gedacht: na ja, wieder ein neuer Hafen, waren ja schon so viele. Aber als wir dann am Clubgebäude vorbei kamen, stutzte er, schnupperte, sah sich um, und auf einmal war unser Hund total aus dem Häuschen, hier war ich doch schon `mal!!!! Gutes Gedächnis, war ja immerhin schon über ein Jahr her.

Andrea und Manfred hatten sich inzwischen auf ihrem neuen Schiff eingelebt,

bei Ulrike und Gernot war immer noch Baustelle,

Margrit und Ferdinand

lebten immer noch auf ihrem kleinen Segelschiff, bei Angelika und Dr. Manfred hatte sich auch nichts geändert, und Lotte und Hans hatten sich inzwischen in ihrer neuen Wohnung sehr gut eingelebt

(nur das Schiff war noch nicht verkauft).
Im Ort hatte sich, bis auf die Kneipensituation (mal mehr, und mal weniger) nichts verändert. Die Geschäfte waren noch da, und der Bahnhof auch.

Da wir ja noch kein Auto hier hatten, haben Ulrike und Gernot uns oft zum Einkaufen mitgenommen. Außerdem haben die beiden uns viel von der Umgebung gezeigt. Monika und Jürgen (und Molly natürlich) kamen uns auch des öfteren besuchen, und haben uns zum Einkaufen mitgenommen.

Im Oktober wollten Monika und Jürgen (und Molly) nach Deutschland (Bremen) fahren, und haben uns dann mitgenommen, und nach Großenkneten gebracht, super!!

Wir hatten ja noch unser Auto nebst riesigem Anhänger bei Tanja und Reiner in der Scheune stehen. Außerdem hatten wir noch sehr viele Ersatzteile, Werkzeug und so diverse andere Sachen dort. Wir haben dann unseren Anhänger beladen, haben so einige Arztbesuche und Bekanntenbesuche gemacht, und sind neun Tage später mit unserem Gespann in Richtung Spanien gefahren. Ach ja, bevor wir mit Monika und Jürgen nach Deutschland gefahren sind, ist es uns noch gelungen in Los Nietos eine Garage zu mieten, somit konnten wir alle mitgebrachten Sachen sofort in die Garage verstauen, und den leeren Anhänger konnten wir vor unserer Garage abstellen.

Da wir ja nun erst einmal alles geregelt und auf die „Reihe" gebracht hatten, konnten wir mit unserem Auto auf eigene Faust die Umgebung erkunden. Es gibt ja hier so viel zu sehen, aber bis heute waren wir noch nicht überall in dieser Gegend. Aber wir haben ja noch so viel Zeit!!!

Im November kamen uns dann Helga und Günter (Schwägerin und Bruder) mit ihrem Wohnmobil besuchen.

Hatten leider eine Woche Regen, aber dann nur noch Sonne pur. Die beiden standen die erste Woche in Los Nietos am Marktplatz, sind dann aber zum Caravaning La Manga gefahren, und haben sich dort noch eine Woche aufgehalten. Wir haben Helga und Günter so einige male besucht, und bei dieser Gelegenheit haben wir uns auch einmal (später noch viel öfter) den riesigen Campingplatz angesehen. War sehr interessant, und wir haben uns gedacht, so als Alternative zum Boot wäre der Campingplatz sicher in Betracht zu ziehen. Aber davon später mehr!!!!!

Anfang Januar 2004 haben wir uns in einen kleinen Yorkshire-Terrier verliebt. Der kleine Kerl saß in einer

Tierhandlung in Cabo de Palos und hat uns gesagt das wir ihn mitnehmen sollen.

Das haben wir dann auch getan. So bekam unser Aron Gesellschaft. Fand er auch gar nicht schlecht. Der Kleine bekam, weil er immer so `rumhüpfte, den Namen „FLOH". Ein paar Monate später waren wir mit Ulrike und Gernot in Cartagena zum ITV (Spanischer TÜV). Wir wollten uns `mal ansehen wie das hier in Spanien so abläuft. Als wir dann draußen vor der Halle standen, hörte Ute von irgendwoher eine Katze recht lautstark schreien. Das kam von der anderen Straßenseite. Als Ute sich dort umschaute, fand sie unter einem Gebüsch eine ganz kleine schwarze Katze, noch ganz jung. Ute brachte die kleine schwarze Katze mit `rüber, und zeigte sie Floh. Ich glaube die beiden waren sofort ein „Herz und eine Seele".

Eigentlich wollten wir die Kleine im Hafen weitergeben, aber nach ein paar Tagen hatten wir, und auch Aron und Floh, uns so an die kleine Hübsche gewöhnt und haben sie einfach behalten. Da sie so hübsch war, und auch noch immer ist, bekam sie den Namen „BONITA".

Im laufe der Zeit hatten wir auch so einige Besuche aus Deutschland, und denen konnten wir dann auch so einiges in unserer Gegend zeigen, und hin und wieder mit unserem Boot ein wenig durch`s Mar Menor schippern.

Ende April 2004 hat Utes Tochter Tanja geheiratet, und dazu haben wir uns dann per Flieger nach Deutschland begeben, für 14 Tage. Der Aufenthalt in „Old Germany" war ja ganz schön, wir haben auch so etliche Bekannte und ehemalige Arbeitskollegen besucht, aber wir waren doch froh, als wir wieder im Flieger Richtung Spanien saßen.

Ach ja, unser Auto hatten wir schon vorher in die Werkstatt (OPEL mit ISUZU-Vertretung) gebracht, lief nicht mehr so richtig. Als wir aus Deutschland zurück waren, lief das Auto immer noch nicht. Die „Spezialisten" hatten so etliches am Auto zerlegt, aber es lief immer noch nicht. Nach Einschaltung des ADAC bekamen wir dann nach 6 Wochen unser Auto, mit der Versicherung, das alles in Ordnung, und der Motor Top sei, wieder. Aber nichts war, der Motor stotterte immer noch und hatte Aussetzer. Wir sind dann direkt in eine Werkstatt im Industriegebiet von Cartagena gefahren (der Chef und Meister spricht deutsch), und haben dort das Auto nachsehen lassen, mit der Feststellung, das der Motor (TOP) nur noch auf 2 Zylinder läuft, 2 Zylinder hatten Kompression NULL!! (Tolle OPEL-Werkstatt)!!! Na ja, zum Einkaufen konnten wir noch so gerade fahren, aber unseren großen Anhänger ziehen, das war wohl nix.

Was tun??? Der Anhänger war schon wieder teilweise beladen, da wir ja vorhatten noch einmal nach Deutschland zu fahren, von so einigen Bekannten Sachen mitzunehmen, und unser restlichen „Krempel" zu holen. Der Anhänger wäre noch einmal voll geworden. Aber das war ja nun nichts mehr, was nun?? Wir haben beim ADAC angerufen, und unser Anhänger wurde kostenlos abgeholt und nach Deutschland zum Bestimmungsort gebracht. Jetzt mussten wir noch unser Auto verschrotten, auch das hat der ADAC kostenlos erledigt.

Um den „Rückflug" nach Deutschland wollte der ADAC sich auch noch kümmern, aber wir haben uns hier in Spanien ein Auto (FORD-Escort-Kombi) von Bekannten aus dem Hafen gekauft. Passte gerade so!!!

Ach ja, unsere „Reisebekanntschaft" Rudi war, von Mallorca kommend, im laufe der Zeit auch hier in Los

Nietos eingetroffen. Wollte hier sein Schiff überholen. Hat er auch mehr Schlecht als Recht erledigt, aber auch seinen Hafenaufenthalt hat er so nebenbei auch selbst erledigt, und eines Tages verschwand er sang- und klanglos in Richtung Tunesien, wo er auch angekommen ist. Wir haben seitdem nichts mehr von ihm gehört.
Aber dafür haben wir zwei sehr nette, sehr umgängliche Leute im Hafen kennen gelernt: Brigitte und Bob!!

Die beiden wohnen in Norwegen, sind aber zwei Mal im Jahr für einige Wochen in Los Nietos im Hafen und wohnen auf ihrem Segelschiff. Brigitte ist Deutsche und Bob ist Engländer. Die Zwei können immer spannend von ihren Seereisen erzählen (kein Seemannsgarn). So vergingen dann Tag für Tag, Woche für Woche, Monat für Monat, und auch Jahr für Jahr, und es gefiel uns hier in Los Nietos immer besser!! Wir hatten es gut getroffen, und haben es genau richtig gemacht, Prost „CHARLY"!!! Wir hatten also wirklich keinerlei Verlangen nach „Old Germany", und unser Schiff war uns auch nie zu klein.
Im Sommer 2004 mussten wir unser Schiff dringend an Land holen: ein Loch war im Eimer (natürlich im Schiff). Im Heck, an der Stb-Seite, hatte der Rost seine unermüdliche Arbeit verrichtet!! Ich hatte im Schiffsboden eine kleine Roststelle gesehen, und wollte mit dem Finger den Rost wegwischen, war aber nix, ich

konnte durchsehen. Der Rost verschwand, aber das Loch wurde größer. Mein Kommentar: „Ute komm `mal und halte das Loch zu, ich fahre `mal eben zu unserer Garage und hole eine Gummiplatte"!! Gesagt, getan, Ute hielt das Loch zu, und ich holte eine Gummiplatte. So konnten wir das Leck abdichten und einen Autokran bestellen, der dann auch am nächsten Tag kam und uns auf abenteuerliche Weise an Land gestellt hat (davon gibt es einen recht sehenswerten Film). Rund um das Loch, welches immer größer wurde, haben wir sämtlichen Rost beseitigt, und uns dann dazu entschlossen jeweils eine große Stahlplatte unters Schiff zu Schweißen, und zwar Bb und Stb. Um vor künftigen Überraschungen dieser Art so ziemlich sicher zu sein haben wir das ganze Unterwasserschiff per Ultraschall messen lassen, und wo dünnere Stellen waren, haben wir Stahlbleche aufgeschweißt.

Nachdem wir alles mehrmals mit Epoxy und Silberprimocon gestrichen hatten, hätten wir unser Schiff eigentlich wieder in sein Element bringen können, aber nein, wir hatten ja genug Gelegenheit uns den Überwasserteil des Schiffsrumpfes genauer anzusehen. Der Stahlrumpf war, damit er schön glatt aussieht, überall gespachtelt, mal mehr, mal weniger. Aber überall waren feine Risse zu sehen, bei denen Salzwasser eindringen konnte. Also haben wir uns dazu entschlossen den ganzen Rumpf im Überwasserbereich abzuschleifen. Da hatten wir uns `was vorgenommen: über 30m² mehrschichtige Farbe und mehr oder weniger dicken Spachtel abschleifen, bis auf`s blanke Metall, „Frohes Schaffen"!!!

Na ja, auch das haben wir geschafft, und nachdem wir 5 Epoxy-, 1 Grund- und 2 Lack-Anstriche aufgebracht hatten, sah unser Schiff wieder aus wie neu, und konnte wieder in`s Wasser, waren auch drei Monate vergangen. Tja, was aus so einem kleinen Leck so alles entstehen kann, erstaunlich!! Aber man sieht, Langeweile hatten wir eigentlich nie. Und damit das auch so bleibt, haben wir uns dann überlegt, was wir so als nächstes aushecken können. Wir kamen so langsam zu der Überzeugung, das wir uns einmal das Vorschiff, unsere Eignerkabine, genauer ansehen sollten, von wegen Rost und so. Zwischen Innenverkleidung und Stahl-Bordwand befand sich eine ca. 25 cm dicke Schaumstoff-Schicht, und zwar in der verschiedensten Ausführung. Sollte eigentlich geschlossenporiger Schaumstoff sein, war aber nicht! Der Schaumstoff war teilweise recht nass, Kondenswasser. Im Frühjahr 2005 haben wir dann im Vorschiff alles ausgebaut, die Verkleidung demontiert, und den gesamten Schaumstoff mühsam entfernt. Haben so etliche Müllcontainer gefüllt (die Marineros haben uns extra einen zweiten Müllcontainer vor`s Schiff gestellt). Aber, oh Wunder, auf der Stahl-Bordwand war kein Rost. Wir haben den ganzen Bereich zwei mal mit Bitumen gestrichen, dann mit Mineralwolle isoliert, und mit Wasserfest-Verleimten Sperrholz verkleidet. Der vordere Wassertank fand seinen neuen Platz unter dem Fußboden. Somit haben wir jede Menge Platz gewonnen. Außerdem bekamen wir noch viel Platz durch die nun dünnere Isolierschicht (statt 25 cm jetzt nur noch 5 cm, und besser). Vorher war vorne im Vorschiff nur unsere Koje, nun konnten wir das Bett einbauen und noch so diverse Schränke und Staufächer, und hatten noch große Ablageflächen auf beiden Seiten. Nun hat Ute noch alles geschliffen und mehrfach lackiert. Innerhalb von 6 Wochen war der gesamte Umbau fertig, und wir durften uns erst `mal wieder ausruhen und relaxen, war auch nötig!!

In diesem Sommer haben wir mit unserem Schiff insgesamt so ca. 4 Monate an, bzw. vor der Isla Perdiguera gelegen. Zwischendurch sind wir so ab und an nach Los Nietos in den Hafen gefahren zum Wasser Bunkern und zum Einkaufen.

Im Herbst, Winter und Frühjahr sind wir viel an Land unterwegs gewesen. Es gibt hier in der Nähe, wie schon gesagt, doch viel zu sehen, und im Sommer ist es für ausgedehnte Wander- und Besichtigungs- Touren zu warm. Da kann man die Zeit eigentlich nur auf dem Wasser verbringen.

Im April 2005 kamen uns Heinz, Tanja und Timo per Wohnmobil besuchen (Utes Ex und ihre beiden Kinder). Hatten aber leider nur 4 Tage Zeit, aber ein wenig von der Gegend konnten wir doch zeigen. Am 15.04. kamen dann noch Helga und Günter für 5 Tage zu Besuch. Die beiden waren mit Ihrem Reisemobil auf dem Weg nach Hause, nach Bad Zwischenahn.

Wie man sehen kann, ging es uns recht gut, und wir fühlten uns auf unserer ORION immer noch super! Doch eine Sache störte uns dann doch: es war die Tatsache, das alle Liegeplatzverträge im Jahre 2010 ausliefen. Auch der Pachtvertrag für den gesamten Hafen läuft dann aus. Keiner konnte uns sagen, was dann mit dem Hafen geschieht. Niemand wusste ob der Club Nautico Los Nietos, oder ein privater Investor, oder sonst jemand den neuen Pachtvertrag für weitere 30 Jahre erhält. Einen neuen Liegeplatzvertrag für weitere 30 Jahre, in Höhe von ca. 90.000,00 €, kam ohnehin für uns nicht in Frage, und wie hoch die Platzmiete sein würde konnte auch niemand sagen. Die Gerüchte bewegten sich so von 400,00 € bis 800,00 € im Monat. Für uns utopisch! Also mussten wir uns nach Ablauf des Pachtvertrages nach einem anderen Hafen, der bezahlbar war, umsehen, oder wir mussten uns beizeiten etwas anderes einfallen lassen, denn zurück nach Deutschland wollten wir auf gar keinen Fall. Da zu der Zeit die Liegeplätze an der Nordpier, aus welchen Gründen auch immer, recht gut gehandelt wurden, entschlossen wir, unseren Liegeplatz samt Schiff, wenn möglich, zu verkaufen. Am 19.09.2005 hingen wir dann die entsprechenden „Se Vende" – Schilder an die Fenster.

Wohl war uns nicht dabei, aber wir ließen der Vernunft die Oberhand!! Nicht so einfach!! Als der erste Interessent kam, waren wir innerlich noch lange nicht soweit, um uns wirklich von unserem Schiff zu trennen, und der Preis, den er uns geboten hat, erschien uns viel zu niedrig. Na ja, wie gesagt, nicht so einfach!! Also lebten wir glücklich und zufrieden weiter auf unserem Boot im Hafen von Los Nietos. Und die Zeit lief weiter, und wir fuhren im Sommer weiterhin zu „Unserer" Insel, und im Herbst, Winter und Frühjahr machten wir Ausflüge in die nähere Umgebung. So ab und an interessierte sich jemand für unser Schiff, aber wohl hauptsächlich für unseren Liegeplatz, aber zu verschenken hatten wir auch nichts. Wir wollten dann letztendlich alles auf uns zukommen lassen!

Im Hafen passierte nicht viel, nur so ab und zu. Am 07.05.2006 ist bei uns an Bord jemand eingestiegen und hat Laptop und Handy geklaut, auf nimmer wieder sehen!!

Am 15.08.2006 lagen wir `mal wieder vor Anker bei der Insel. War ein wenig windig. Wir saßen gemütlich auf unserer Flybridge in der Sonne, da kam uns so ein blöder Segler, mit Jugendlichen besetzt, im Wind immer näher. Keine Ahnung vom Segeln. Ute lief nach unten, und wollte den Segler abhalten, damit er unser Schiff nicht rammt. Einer von den Seglern sprang in`s Wasser, um sein Schiff abzuhalten (totaler Blödsinn). Das Ende der Geschichte war, das Ute einen gebrochenen Arm hatte.

Am 28.10.2006 haben uns dann Yvonne und Bernd für ein paar Tage besucht. Die beiden haben wir im Hotel „WELLE" untergebracht.

Vom 30.10.bis zum 14.11.2006 haben uns Helga und
Günter mit ihrem Reisemobil besucht

Das Jahr 2007 verlief eigentlich ohne weitere Aufregung.
Ute war inzwischen im Tierheim für Hunde in Los
Belones tätig geworden. Da ist sie auch heute noch so
einige male in der Woche tätig. Macht ihr viel Freude,
und außerdem haben wir dadurch schon viele Leute
kennen gelernt.
Vom 16.04. bis 22.04.2007 waren wir für eine Woche in
Deutschland. Arzt-, Verwandten- und Bekannten-
Besuche.
Vom 10.09. bis zum 24.09.2007 haben uns Jutta und
Klaus (ein ehemaliger Arbeitskollege, den ich schon fast
20 Jahre nicht mehr gesehen hatte), in Los Nietos
besucht. Die beiden haben wir auch im Hotel „WELLE"
untergebracht.

Da wir unseren Liegeplatz an der Nordmole hatten, stand unser Auto bei Nordwind ständig unter Salzwasserbeschuss, und war somit leider schon sehr Rostgeschädigt. Der Zufall wollte es so, das Bettina und Sigi, Bekannte aus Berlin, ständig Ärger mit ihrem Peugeot 309 hatten. Das Auto war immerhin schon 17 Jahre alt, hatte aber keinerlei Rost aufzuweisen. Das Problem war, immer wenn die beiden mitsamt großem Hund zum Flughafen fahren wollten, streikte das Auto. Auch ansonsten streikte der 309 laufend, trotz Werkstattbesuchen. Bettina und Sigi waren letztlich so genervt, das sie das Auto verschrotten lassen wollten. Ist aber hier in Spanien nicht so einfach, ein Auto mit deutscher Zulassung zu Verschrotten! Wir haben den beiden das Auto am 07.01.2008 für den symbolischen Preis von einem Euro abgekauft. Wir haben dann das Auto nach längerer Bastelei mit Hilfe eines kleinen Ersatzteils wieder flott gemacht, auf spanische Zulassung umgemeldet, und hatten somit ein einwandfrei funktionierendes Fahrzeug, ohne Rost! Den rostigen Ford Escort (hatte gerade den ITV neu) haben wir hier verkauft.

Am 23.01.2008 mussten wir leider vor einem spanischem Gericht erscheinen, weil unser Floh angeblich ein Kind gebissen hatte. Bei dieser Angelegenheit hatten wir durch

Susanne eine riesige Hilfe, hätten wir nie auf die Reihe bekommen. Die Verhandlung wurde wegen eines Formfehlers auf den 14.05.2008 vertagt. Das Ergebnis hat uns dann 300,00€ gekostet. Was soll man machen, der „Amtsarzt" hat nach 4 Monaten festgestellt, das dass Kind eine Woche Bettlägerig war! Ein Witz, und wäre in Deutschland mit Sicherheit nicht möglich gewesen, aber da kann man nichts machen!?!?!?

Am 31.01.2008 hat Ute oben an der Quelle einen Hund, einen Tibet Terrier, gefunden. War ausgesetzt worden. Der niedliche Kerl ist seitdem bei uns, und heißt „BENNY".

Tja, das Jahr 2008 fing schon ganz schön aufregend an, aber es sollte noch besser kommen!!

Am 13.03.2008 bekamen wir endlich das richtige Gerät für`s Internet! Wir hatten uns bis dahin immer wieder nach den verschiedenen Möglichkeiten erkundigt, war aber nie das Richtige. Also warten!! Aber nun war es endlich soweit, und seid dem können wir ständig ins Internet, und können auch übers Internet telefonieren. Klappt hervorragend, und wir hatten auch noch keinerlei Probleme, toll!!

Aber weiter: am 31.03.2008 bekamen wir einen neuen Computer nebst neuen Monitor.

Am 02.05.2008 haben wir unseren Liegeplatz an einen sehr netten Spanier (war schon seid den ganzen Jahren unser Übernachbar im Hafen) verkaufen. Unser Schiff wollte er aber nicht kaufen. Er hatte sich ein neues Schiff gekauft (ca. 1 Millionen €), und sein altes Schiff seinem Sohn geschenkt. Nun benötigte er dringend einen Liegeplatz. Da der angebotene Preis sehr gut war, haben wir den Platz verkauft, für unser Schiff würde sich schon noch `was finden. Bis Ende Juni konnten wir unser Schiff noch auf dem Platz liegen lassen, super!

Da wir uns ja schon seid längeren mit dem Gedanken befasst hatten uns ein neues Zuhause zu suchen, fanden wir den hiesigen Campingplatz, als Alternative zum Boot, schon immer als annehmbar, zumal man dort eine Parzelle kaufen und ins Grundbuch eintragen lassen kann. Wir hatten uns schon des öfteren dort umgesehen, und da es ja nun ernst wurde, verbrachten wir die nächsten zwei Tage auf dem Caravaning La Manga del Mar Menor und haben alles, was zu verkaufen war, und unseren Vorstellungen entsprach, aufgeschrieben. Susanne hat dann für uns überall angerufen um die Preise in Erfahrung zu bringen. Vorstellung hatten die Leute!!!!

Na, wir haben dann doch noch eine Parzelle, die unsern Vorstellungen und unseren Möglichkeiten entsprach, gefunden. Der Besitzer war zwar nicht da, aber ein paar Grundstücke weiter wohnten Heidi und Günter, die diese betreffende Parzelle vermitteln konnten. Da die beiden in den nächsten Tagen nach Deutschland wollten, bekamen wir schon mal die Schlüssel für die Casa N 28, die ja nun unser endgültiges Heim werden sollte. Bezahlt werden sollte aber erst, wenn der Vertrag vorliegt. Na ja, sollte ja kein Problem sein, dachten wir, und da haben wir, und auch Heidi und Günter, völlig falsch gedacht!! Wir konnten nun in aller Ruhe umziehen, vom Schiff in „unsere" Casa auf dem Campingplatz. Am 14.05.2008 verbrachten wir die erste Nacht im neuen Heim. So einiges war nicht so wie es sein sollte, aber kein Problem, wir haben im Laufe der Zeit so einiges erneuert und verbessert. War alles ganz toll, und wir hatten auch ganz nette Nachbarn. Da waren Spanier, Holländer, Deutsche, Franzosen und auch Engländer. Alle, wie schon gesagt, nett und hilfsbereit. Ruhige Ecke, gefiel uns von Anfang an. War alles wunderbar, nur mit den Papieren ging`s nicht weiter. War alles, was wir in der Casa und auf der Parzelle erneuerten und verbesserten, für uns, oder für „die Katz"???

Zwischendurch haben wir noch Betty und Walter bei der Renovierung ihrer SINDBAD geholfen, im Hafen von Los Nietos.

Am 25.06.2008 haben wir unsere ORION aus dem Hafen gefahren und das Schiff in der Bucht vor dem Campingplatz vor Anker gelegt. Das Schiff sollte ja verkauft werden, und es waren auch einige Interessenten zur Besichtigung da. Ein Engländer wollte das Schiff am 14.07.2008 abholen. Aber es kam leider völlig anders: am Sonntag, dem 13.07.2008 kam am frühen Morgen starker Nordwind auf, und unser Schiff vertrieb trotz zweier Anker in Richtung Strand und lief auf. Sofortige Abschleppversuche blieben erfolglos. Ein paar Stunden später ist durch die starken Wellenbewegungen das, fest im Sand steckende Stb-Ruder, samt Ruderkoker aus dem

Rumpf gebrochen. Durch das entstandene, 9 cm großes Loch, im Schiffsboden ist das Schiff halb voll Wasser gelaufen, und lag nun fest auf Grund. Nachdem es mir gelungen war, das Ruder mit Koker aus dem Loch zu entfernen, konnten wir das Leck abdichten, und das Schiff leer pumpen. Das Schiff schwamm wieder, aber so etliche Pumpen, die beiden Getriebe, die gesamte Elektrik und Elektronik und noch so einiges im unterem Schiffsbereich waren durch das Seewasser natürlich
total hin.

Die Versicherung hat zwar einen Gutachter geschickt, hat aber nach monatelanger Rumkasperei, trotz Totalschaden, mit der Begründung, wir hätten den Schaden nicht sofort gemeldet, eine Bezahlung abgelehnt. Leider hatte ich meine Rechtsschutz-Versicherung vor ein paar Jahren gekündigt, und wir konnten somit leider das Risiko einer Klage nicht eingehen.
Wir haben dann alles, was noch gut und teuer war ausgebaut und später über ebay verkauft.. Wie gesagt, das Schiff schwamm zwar wieder, konnte, da es in einer Art Sandmulde lag, nicht in`s tiefere Wasser gezogen werden. Am 10.10.2008 wurde das Schiff, obwohl es in

einer Sandmulde festlag, und trotz 50 Meter Ankerkette und Anker, bei Sturm und Wellengang noch dichter an den Strand getrieben.

Wir haben dann am 08.11.2008 das Schiff an einen Engländer, Robert, für einen Euro verkauft, mit der Auflage, das Schiff auf seine Kosten vom nahen Strand zu entfernen. Letzteres ist ihm aber nach mehreren Versuchen nicht gelungen, und er hat das Schiff mit den gleichen Auflagen an einen Spanier weiter verkauft.

Dem ist es, nach viel Mühe, und viel Graben, unter Ausnutzung von Nordwind mit hohen Wellen und höherem Wasserstand nach mehreren Versuchen gelungen, das Schiff wieder in`s tiefere Wasser zu ziehen. Das Schiff wurde, während es noch dem Engländer gehörte, und dicht am Strand lag, von irgendwelchen Chaoten, innen fast völlig ausgeräumt und zerstört. Sämtliche Fenster waren zertrümmert. Der Spanier, John, hat auch sofort angefangen das Schiff wieder neu auszubauen, und neue Fenster einzusetzen. Er will lediglich auf dem, vor Anker liegenden Schiff, wohnen. Fahren will er wohl nicht. Wir werden es sehen! Auf jeden Fall freuen wir uns, das er das Schiff wieder soweit Flott bekommen hat. Ich habe ihm auch gesagt, das ich ihm bei irgendwelchen Problemen helfen werde, soweit ich kann.

Aber, das war ja noch lange nicht alles für das Jahr 2008. Wie gesagt, Ute ist ja im Tierheim in Los Belones tätig. Dort hat sie einen sehr netten älteren Engländer, Mac, kennen gelernt. Mac war jeden Tag im Tierheim und kümmerte sich um die Hunde und um das Futter. Eines Tages ist Mac leider im Tierheim, im Büro umgefallen, und lag tot hinter der Bürotüre. Dort hat Ute ihn dann gefunden. Einige Monate später, am 27.08.2008, hat Mac`s Frau an Ute dann Mac`s Auto, einen Fiat-Palio, verschenkt.

Am 26.09.2008 hatten wir einen, der hier so seltenen, gewaltigen Regen. Sämtliche Strassen und Wege hier auf dem Caravaning standen in kürzester Zeit unter Wasser. War aber bald wieder vorbei, und die Sonne schien wieder.

Unseren Peugeot 309 haben wir dann an einem Holländer, hier auf dem Campingplatz, verkauft.
Am 26.10.2008 kamen uns dann Helga und Günter mit ihrem Reisemobil für 14 Tage besuchen.
Am 12.12.2008 haben wir dann, unsere Mitgliedschaft im Club Nautico Los Nietos gekündigt. Wir wollten uns nicht an, mit Sicherheit auf alle Mitglieder zukommenden Umlagen, und Erhöhungen, beteiligen (kam auch so).
Das war für das Jahr im Groben eigentlich alles. Hat eigentlich gereicht, oder???
Das Jahr 2009 sollte aber auch nicht so ohne sein.
Am 08.02.2009 hat uns unser langjähriger „Freund" Jürgen, aus uns unerfindlichen Gründen, die Freundschaft gekündigt, unwiderruflich. Wenn er meint....!!
Anfang des Jahres haben, nachdem wir lange nichts von ihnen gehört hatten, liebe, alte Freunde aus Hamburg,

ihren Besuch bei uns angemeldet. Am 05.03.2009 kamen die beiden, Ute und Jürgen aus Hamburg, uns dann tatsächlich für eine Woche besuchen. Wir haben von befreundeten Engländern hier auf dem Caravaning ein Mobilheim gemietet. Es hat den beiden sehr gut gefallen, und wenn es ihre Gesundheit erlaubt, wollen sie auch noch `mal wiederkommen.

Alles, was man in dieser einen Woche so zeigen kann, mussten die beiden dann auch über sich ergehen lassen!! War aber sehr schön, kann auf Wunsch wiederholt werden !!!
Am 22.04.2009 kam ein Notruf aus Nürnberg: Ute, du musst sofort nach Nürnberg kommen, und unseren Galgo einfangen!! Der Hund war einpaar Tage vorher von Tierheim nach Nürnberg geflogen, und bei der Übergabe bei seiner neuen Pflegestelle hat er das Weite gesucht, und keiner konnte den Hund dazu bewegen wieder zurück zu kommen. Da im Moment nur Ute an diesen

Hund `rankam. Ist sie dann am 24.04.2009 für zwei Tage nach Nürnberg geflogen, und hat den Hund wieder eingefangen. Tja, auch so etwas gibt es.
Am 29.04.2009 kam Ute mit einer kleinen Katze, MONA, nach Hause.

Spanier wollten die Kleine im Tierheim abgeben, aber hier sind nur Hunde, und keine Katzen. Die Spanier hätten die Katze nach Alicante, in ein Tierheim für Katzen bringen müssen, aber, wer`s glaubt ?!?! Also hat Ute die Kleine mitgenommen, und seitdem wohnt sie hier bei uns.
Schon im April 2009 hatten wir per Internet einen Flug nach Deutschland gebucht, und zwar für den 20.08. bis zum 27.08.2009.
Am 19.08.2009 kam Dennis bei uns vorbei, und fragte uns, ob wir mit den Papieren für „unsere" Parzelle schon weitergekommen seien?!?! Dennis wohnte mit seiner Frau Ilse auf N 20, und die beiden wollten wieder, warum weiß keiner, nach England zurück. Unsere Antwort war: nein, hat sich immer noch nichts getan, wird auch wohl in nächster Zeit nichts werden, wenn überhaupt. Darauf Dennis: Ihr könnt ja unsere Parzelle kaufen. Antwort: zu teuer!!
Am Abend kamen Dennis und Ilse noch zu uns auf ein Bier, und außerdem wollten Ilse und Dennis für die Zeit

unserer Abwesenheit unseren Benny nehmen und „unsere" Casa behüten, waren ja nur 4 Parzellen weiter.

Im Laufe des Abends kam das Gespräch noch einmal auf den Kauf ihrer Parzelle, und, ob man`s glaubt, oder nicht, Ilse und Dennis gingen auf unseren Preis ein!! Aber wir alle sollten die Sache noch eine Nacht Überschlafen. Am nächsten Vormittag haben wir dann bei Ilse und Dennis die Sache schon einmal mündlich abgeschlossen!! Anschließend sind wir dann nach Alicante zum Flughafen gefahren, und in den Flieger nach „Old Germany" eingestiegen. War alles nicht so einfach, gerade jetzt, wo wir unterwegs waren, aber den Flug konnten wir natürlich nicht verschieben. Na ja, von Deutschland aus gingen dann so einige E-Mails und Telefonanrufe hin und her. Vom Kauf der Parzelle N 28 sind wir sofort, da es ja ohnehin nicht geklappt hätte, per E-Mail zurück getreten. Als wir dann am 27.08.2009 so gegen Abend zurück waren, hatten wir auch schon, zwecks Kauf der Parzelle N 20, einen Termin mit Elke, einer Deutschen, die in Spanisch beim Notar die entsprechenden Verträge macht, und Ilse und Dennis. Es wurde alles besprochen, und am nächsten Tag, dem 28.08.2009 um 12.00 Uhr hatten wir schon einen Termin beim spanischen Notar. Alles wunderbar!! Ein Problem blieb uns noch: am nächsten Morgen mussten wir von der Bank die gesamte Kaufsumme holen. Da wir das vorher nicht anmelden konnten, und Ilse und Dennis schon am nächsten Tag, Samstag, nach England fahren wollten, war es wirklich nicht so einfach, das Geld von der Bank zu bekommen. Nach so etlichen Telefonaten seitens der Bank, konnten wir unser Geld, allerdings in kleinen Scheinen, von der Bank in Los Nietos abholen!! Eine

Riesen Tüte voll!!! Aber egal, Hauptsache wir waren pünktlich mit dem Geld beim Notar.

Hat alles hervorragend geklappt, Vertrag und Eintrag ins Grundbuch erledigt, und Ilse und Dennis mussten sehen wo sie mit der Tüte voller Euros blieben!!

Abends haben uns die beiden noch zum Essen im Golf Club eingeladen, und am nächsten Morgen sind Ilse und Dennis dann abgereist, ab nach England!?!?!?

Nun hatten wir hier in Spanien, Caravaning La Manga del Mar Menor / Cartagena, Parcela N 20 unser endgültiges, eingetragenes, Zuhause!!!

In der nächsten Zeit hatten wir natürlich sehr viel damit zu tun, unsere neue Casa so umzubauen und Einzurichten wie wir es uns vorgestellt hatten. Wir hatten uns in den 15 Monaten, in denen wir in der alten Casa gewohnt hatten, und deren Aufteilung sehr gut war, schon ganz schön eingelebt. Ist uns auch schwer gefallen, uns umzugewöhnen. Aber was soll`s, nun hatten wir unsere Ruhe, und können alles Einrichten, wie wir es wollen, und es gehört alles uns!!! Ist ein richtig gutes Gefühl!!

Zuerst kam der Umzug: Endlose Schlepperei!! Gottlob nur vier Parzellen weit!! War also kein Problem vor allen nicht bei so hilfsbereiten Nachbarn, die mir, wenn ich nicht aufgepasst habe, alles aus der Hand reißen wollten, um mitzuhelfen!! Einfach toll!! Am 30.09.2009 war der Umzug dann abgeschlossen. Zwischendurch musste ich noch anbauen, um alles unterzubringen.

Am 13.10.2009 bekam Ute dann auch endlich ihre eigene
NIE (Steuernummer), die wir vor drei Wochen beantragt
hatten.
Ute hat nun auch ihre erste, richtige Brille bekommen.
Jetzt kann sie auch mich wieder erkennen, und im
dunkeln Autofahren kann sie nun auch wieder!!

Aber auch das hat es hier schon gegeben:

HF 2009 La Manga

31

Es geht aber noch weiter:
Irgendwann im Dezember 2009, war unsere ehemalige >ORION< vom Ankerplatz verschwunden. Na, hat John, der Spanier, das Schiff wohl irgendwo hin schleppen lassen, um es zwecks Reparatur an Land zu stellen, haben wir jedenfalls gedacht. Einige Tage später hat Ute den John auf dem Caravaning getroffen, und er sagte, das Schiff sei „Abgesoffen". Na ja, bei den leider immer noch herrschenden Kommunikationsschwierigkeiten muss da wohl irgendwas falsch verstanden worden sein. Bei der geringen Wassertiefe hätte man ja noch jede Menge vom Schiff sehen müssen, war aber nicht!?!?
Am 29. Dezember 2009 hat sich dann alles aufgeklärt: John kam, recht aufgeregt, zu uns, und hat dann berichtet was geschehen war. Er hatte irgendwann, irgendwo im Schiff, Wassereinbruch festgestellt. Ein Freund von ihm hat das Schiff in Richtung La Isleta, einem Hafen, östliches Mar Menor, geschleppt, und kurz vor dem Hafen das Schiff an den Strand gesetzt. Mit einem Bulldozer ist dann das Schiff weiter auf den Strand gezogen worden. John hat dann angefangen, alles was er mühsam eingebaut hatte, wieder auszubauen, und hat angefangen das Schiff zu zerlegen. Die ca. 12 Tonnen Stahl wollte ihm ein Schrotthändler aus El Algar abkaufen und wegschaffen. Leider hatte die Polizei, da John sich nicht als Eigentümer des Schiffes ausweisen konnte, etwas dagegen, und hat die Demontage erst einmal gestoppt. John hatte in seinen Unterlagen vom Schiff, die er von dem Engländer bekommen hatte, noch einen schon lange abgelaufenen Bootsschein mit meinem Namen. Somit musste er, mit mir zusammen nach Cartagena, zur zuständigen Hafenpolizei, fahren, um bestätigen zu lassen, das er das Schiff verschrotten darf.

Nachdem wir dann auch noch vom Schrotthändler die schriftliche Bestätigung, das er das Schiff entsorgt, erhalten hatten, und wir noch so einige Fotos vom ursprünglichen, und vom momentanen Zustand des Schiffes eingereicht hatten, hat John dann ein Schreiben bekommen, das er das Schiff weiter zerlegen darf. Das ganze hat zwei Tage, in denen wir so etliche male nach Cartagena gefahren sind, in Anspruch genommen. Am 31. Dezember 2009, gegen Mittag, war vom Schiff nichts mehr zu sehen, und der Strand war so wie vorher. Das war das Ende von

>ORION<!!!

Der ehemalige Skipper   John, der letzte Skipper

Der traurige Rest

Auch mit unserer **CASA** ging`s noch weiter:
Wie bereits gesagt, zwischen Mobilheim und Küche/Bad hatten wir ja schon während unseres Umzuges mittels dicker Balken und dicken Platten eine Verbindung geschaffen, sozusagen einen Dachboden.
Zunächst haben wir uns erst einmal unser Mobilheim vorgeknöpft, das heißt, den noch eingebauten Toilettenraum, und die noch eingebauten Küchenmöbel wurden ausgebaut. Ebenso die Wand zum Schlafzimmer. Nun hatten wir sozusagen ein Mobilheim ohne Zwischenwände. Dann haben wir, als Trennung zwischen Wohn- und Schlafzimmer unser Büro eingebaut, mit Doppelwänden. Tja, als das fertig war, hatten wir ein richtig schnuckeliges Heim, und wir machten erst einmal eine große Erholungspause!!!!
Als nächstes haben wir, um die Sache vorne dicht zu machen, vorne Angebaut, mit Wänden und einer richtigen Haustüre.
Die große Markise, die man zwecks Beschattung, über die ganze Terrasse ziehen kann, erwies sich bei Regen, der zwar selten hier vorkommt, als überhaupt nicht wasserdicht. Da wir es gewohnt waren soviel wie möglich unsere Zeit draußen zu verbringen, und nicht immer alles wegräumen wollten, mussten wir uns also etwas einfallen lassen. Also haben wir die gesamte Terrasse mittels Stahlrohrkonstruktion und Doppelstegplatten abgedeckt. Jetzt sitzen wir auch im seltenen Regen draußen, können alles draußen lassen, und Sonne kommt auch noch reichlich durch´s Dach, und wenn´s zu warm wird, ziehen wir die Markise zur Beschattung unter´s Dach. Hervorragend, besser geht´s gar nicht!!

Damit keine „Langeweile" aufkommt, haben wir hinter unserem Mobilheim eine kleine Werkstatt angebaut, und somit gleichzeitig unseren Dachboden erweitert. So Stück für Stück wurde unsere Casa immer besser. Aber wir sind ja noch lange nicht am Ende, es gibt ja noch so viel zu tun.

Im Frühjahr 2010 überlegten wir uns, das unsere Essecke im Wohnzimmer eigentlich viel zu klein ist, da müssten wir doch noch etwas ändern. Somit beschlossen wir, unseren vorderen Anbau zu vergrößern, und dann dort eine große Essecke mit einer großen Eckbank und Esstisch einzurichten. Die Terrasse bleibt dann auch noch groß genug. Gesagt, getan, und schon ging die Wühlerei wieder los. Da wir nicht gerne, bei diesem schönen Wetter hier, im geschlossenen Raum sitzen, haben wir an der Vorderseite neben der Haustüre noch eine 3-Fluegelige Türe mit viel Glas eingebaut. Jetzt können wir die gesamte Front aufmachen, können in der offenen Essecke oder auf der Terrasse sitzen.

Anbau mit geschlossenen Türen

und mit offenen Türen

Im Moment wär's das erst einmal, im Sommer ist es viel zu warm um zu „Wühlen"!! Im Herbst sehen wir 'mal weiter. Letztendlich muss im gesamten Anbau noch der Fußboden, zwecks Ausgleich des Gefälles, und zum Verdecken der Stufen vor Küche und Bad, angehoben werden. Dann müssen noch Decke und Wände verkleidet werden. Also ....!!

Ute ist noch nach wie vor im Tierheim tätig, mal mehr, mal weniger. Unser „ZOO" beinhaltet noch immer : unsere beiden Hunde Floh und Benny, und drei Katzen, Mona, Mini und Maxi. Die sind allerdings viel unterwegs auf dem Caravaning, aber immer hier in unserer Nähe!!

HF 2010 La Manga

Das nächste Kapitel folgt auch sicher irgendwann!!!!

KAPITEL NR. 5

Horst Friese

KAPITEL 5

Nun schreiben wir inzwischen das Jahr 2014. Es ist zwar noch Januar, aber es sind ja doch schon so einige Jahre ins Land gezogen, seit meiner letzten Geschichte, und ich denke, das es so langsam Zeit wird, um weiter zu berichten. Gegen Ende des Jahres 2011 haben wir dann weiter gebaut. Unter dem Mobilheim hat unser Freund Wolfgang bis unters Mobilheim eine kleine Mauer gemauert, damit wir den „Flur" mit Kies auffüllen konnten. Drei Kubikmeter Kies haben wir, Wolfgang, Freund Peter und ich, in den „Flur" geschaufelt. Anschließend haben wir Beton gemischt und fünf cm dick eingefüllt. Nach zwei Tagen Trocknung hat Wolfgang im gesamten „Flur" Fliesen verlegt. Nun hatten wir endlich unseren „Flur" höher gelegt, und das Gefälle, und die Stufen vor Küche und Bad waren auch verschwunden. Das Jahr war inzwischen auch so gut wie zu Ende, und es reichte erst einmal. Weihnachten und Sylvester standen vor der Türe.

Nun konnte ich ja im Jahre 2012 endlich mit dem Bau der verschiedenen Schränke beginnen. Aber zuerst ausmessen und Zeichnen, alles per Computer. Als erstes kam dann der Schrank für den Fernseher, Kartoffelkiste, Bücher, und sonstiger Kleinkram an die Reihe. Ein paar offene Fächer, und ein paar Abteile mit Türen.

Das war es dann erst einmal, musste ja auch alles finanziert werden. Mit Paneelen verkleidet werden musste ja eigentlich nur die Essecke, die ganzen Wände im „Flur" sollten ja mit Schränken zugebaut werden. Also erst die Essecke fertig gemacht.

Als nächstes sollte die Decke mit Paneelen verkleidet werden. Dazu musste ich einen „Beleuchtungsplan" erstellen. Für die Beleuchtung kamen 12 Halogenlampen, eingebaut in die Decke, zum Einsatz, aufgeteilt in 4 Schaltkreise. Außerdem wurde mein Sternbild >ORION< in die neue Decke integriert.

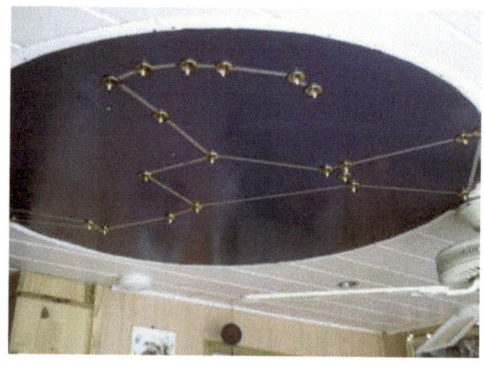

Im Frühjahr 2012 haben wir dann weiter unsere Schränke gebaut, und haben somit die Wand an der Küchen- und Waschraumseite zugebaut. Rechts neben der Küchentüre kam ein Garderobenschrank, mit Schuhabteil hin. Im oberen Teil des Garderobenschranks fand dann noch die Markisensteuerung ihren Platz. Zwischen Küchentüre und Waschraumtüre haben wir ein offenes Regal angefertigt und eingebaut.

Als nächstes haben wir dann die Türe zur Werkstatt gegen eine Schiebetüre ausgetauscht. Natürlich, wie alles, Marke „EIGENBAU"!!

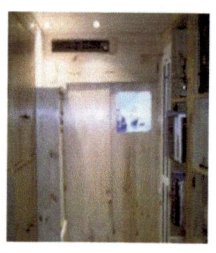  

Die Mobilheimtüre hatten wir ja auch schon gegen eine Schiebetüre ausgetauscht. Der offene Türflügel stand ewig im „Weg". Das war dann auch schon alles für das Jahr 2012.

Im Jahre 2013 kam dann der „Rest" in die „Fertigung". Kiefernbretter , Spax, Scharniere, Türgriffe und so etliche Kleinteile wurden gekauft, und schon ging die „Wühlerei" wieder los, natürlich mitten im Sommer. Ich hatte zwar alle zu bauenden Schränke geplant und gezeichnet, aber, wie das immer so ist, haben wir beim Bau doch so einiges, was uns dann doch nicht als unbedingt praktisch erschien, umgeplant. Somit haben wir jetzt auch die Wand auf der Mobilheimseite voller nützlicher Schränke, einschließlich „Wäschekiste". Kühl- und Gefrierschrank konnten wir auch noch integrieren.

Und damit war unser „Flur", mit „Essecke" total fertig. Da die Außenwand der Essecke, an der wir eigentlich einen Hängeschrank einbauen wollten, noch total kahl war, haben wir uns überlegt, das wir einmal unsere ganzen, vermittelten, Hunde auf einer „Pinwand" verewigen wollten. Also haben wir eine riesig große (2m x 1,2m) Pinnwand gebaut, und an Stelle des Hängeschrankes an die Wand gehängt.

Inzwischen sind schon 96 Hunde auf dieser Pinnwand verewigt. Ein paar Bilder fehlen noch, aber Platz für so ca. 80 Hunde haben wir ja noch, ehe wir eine neue Pinnwand bauen müssen!!!

Das war die Geschichte mit unserem letzten Bau in unserer Casa. Utes Hundevermittlung wird auch so langsam immer umfangreicher. In den letzten 2 Jahren hat sie so ca. 100 Hunde vermittelt, und alle diese Hunde waren für einige Zeit, manche kürzer, und manche auch länger, bei uns oder auch bei Peter oder bei Karin in Pflege, und zum eingewöhnen. Alles Hunde aus der „Tötung", aus irgend welchen „miesen Verhältnissen", oder einfach von der Strasse. Aber allen diesen Hunden geht es jetzt gut, und so einige der neuen Hundebesitzer in Deutschland schicken auch Bilder und Berichte von ihren neuen Hunden. Aber leider lange nicht immer, leider!!! Ute möchte eigentlich von allen vermittelten Hunden wissen wie es ihnen geht, aber das können sich sicherlich nicht alle neuen Hundebesitzer vorstellen, leider!!

Was gab es sonst noch?? Im Frühjahr 2013 ist, bei einer Fahrt nach Alicante zum Flieger, mitsamt Leuten und Hund, unser Auto, Fiat Palio Weekend, verreckt.

Mussten wir uns also ein „neues" kaufen. Mal sehen wie lange der uns treu bleibt?!?! Wir konnten günstig einen Mercedes C 180 Benziner ergattern, leider kein Kombi.

Besuch aus Deutschland hatten wir in den letzten Jahren auch wieder ein paar mal. Die Familie Petter, Wirtsleute vom Bootshaus in Elsfleth, waren ein paar mal mit ihrem Wohnmobil, jeweils im Januar, bei uns auf dem Caravaning. Mein Bruder Günter und meine Schwägerin Helga waren ebenfalls mit ihrem Wohnmobil, jeweils für ein paar Wochen, hier bei uns.

Utes Tochter Tanja war, mit ihrem Mann Reiner und ihrer Freundin Hilke, für eine Woche „Reiterurlaub" hier.

Angemeldet hatten sich zwar noch so einige Freunde, hat aber nicht geklappt, haben auf das Jahr 2014 verschoben. Schauen wir mal!!

Unser „Zoo" hat sich inzwischen auch etwas verändert. Die Katze „MONA" wohnt inzwischen bei Karin, ein paar Parzellen weiter. Irgendwann haben wir in Los

Nietos, unter einer Mülltonne, eine ganz kleine weiße Katze, die Angst vor einem bellenden Hund hatte, entdeckt, und natürlich mitgenommen. „MINNI" heißt die Kleine, und damit sie nicht alleine ist, hat Ute hier auf dem Caravaning noch eine ebenfalls ganz kleine, schwarze, Katze gefunden, und die heißt „MAXI". Die beiden haben sich sofort sehr gut verstanden, und haben nur rumgetobt, war jeden Morgen schon „Frühstückskino" vom feinsten.

Mini & Maxi

Eines Tages an einem sehr warmen Sommerabend, tagsüber kann man nicht mit den Hunden laufen, zu heiß, waren wir mit unseren Hunden Floh und Benny in Torre Pacheco, und latschten durch einen „Park", oder so was ähnliches. Wir kamen gerade an eine Bank vorbei, als unsere „Beiden" unbedingt unter dieser Bank schnüffeln wollten. Ist da was??? Ja, da saß doch eine ganz kleine Katze, total fertig und abgemagert. Die Kleine konnte überhaupt nicht mehr auf ihren Beinen stehen, ein fürchterlicher Anblick!! Natürlich haben wir die Kleine, erst ein paar Wochen alt, mitgenommen, und zu Hause aufgepäppelt. Ute hat sie „LILLY" genannt. Sie ist eine, von Benny gehütete, richtig schöne Graue Katze geworden, und sie ist uns und unseren Hunden, immer noch sehr dankbar, und schmust mit allen rum.

Es war im Frühjahr 2013, wir kamen gerade von unseren Freunden in La Marina, und es war dunkele Nacht. In Los Urrutias, der letzte Ort vor Los Nietos, saß eine, wiederum ganz kleine, schwarze Katze fast auf der Strasse. Ich weiß gar nicht, wie Ute die überhaupt im Dunkeln gesehen hat, aber die Kleine mussten wir natürlich mitnehmen. „TINA" hat Ute sie genannt, und die Kleine fühlt sich bei uns und unseren Hunden sauwohl.

Tja, und dann kam der Sommer 2013, und ein zweiter Yorkshire Terrier wurde unser Eigen!! „TOMMY".

TOMMY

Eines Tages, ich glaube es war im Juli 2013, rief Mercedes, eine Tierärztin in Los Alcazares, an. Sie hätte schon seit einigen Wochen einen kleinen Yorkshire-Terrier bei sich zu Hause. Der kleine Kerl, auf der Straße gefunden, ist bei ihr abgegeben worden. Die Frage war, ob wir den Kleinen vermitteln können? Klar können wir das!! Wir sind dann sofort nach Los Alcazares zu Mercedes in die Praxis gefahren und haben uns den kleinen Kerl angesehen. Unverständlich, das so etwas einfach weggeworfen wird. Das war natürlich ein „Fall für uns". Mercedes hat dann den ca. 5 Jahre alten Yorkie kastriert, gechipt und geimpft, und ein paar Tage später haben wir den Kleinen, den wir auf den Namen „TOMMY" getauft haben, abgeholt.

Bei uns zuhause, auf dem Caravaning, konnte der kleine Tommy sich erst mal eingewöhnen. Unsere beiden, Floh und Benny, haben ihn auch weitestgehend in Ruhe gelassen, damit er sich erst einmal einleben kann. Das machen unsere beiden immer ganz toll, wie bei allen Hunden, die vorübergehend bei uns sind.

Nun ging das „normale Leben" bei uns auf der Parzelle wie gewohnt weiter. Tommy entpuppte sich als ein ganz lieber, angenehmer Hund. War kaum zu bemerken, und Floh und Benny haben sich auch schnell an Tommy gewöhnt. Allerdings sollte Tommy ja vermittelt werden, und uns dann wieder verlassen, und zu einer, hoffentlich netten, Familie umziehen.

Ute war schon, wie immer, an ihrem Computer, um ein neues Zuhause für Tommy zu finden, mit allem was dazu gehört.

Es dauerte auch nicht sehr lange, da meldete sich auch schon, über die „Yorkyhilfe" in Deutschland, jemand, der den Kleinen gerne Adoptieren möchte. Es waren Deutsche, die allerdings in Frankreich, in Tuolouse, wohnten. Die Beiden, die schon eine Yorkshire-Hündin hatten, wollten zu uns kommen, und den Hund selbst abholen. Toll, das hatten wir bisher ja noch nie!!! Na gut, die Beiden sind dann von Toulouse nach Sevilla geflogen, und haben sich dort in ein Hotel eingebucht.

Nachdem die Beiden sich in einem dortigen Tierheim schon mal umgeschaut haben, kamen sie zu uns nach La Manga gefahren, und haben sich „unseren" Tommy angesehen. Waren nette Leute, und unser Tommy hat ihnen auch gleich gefallen, und Tommy hat auch gleich mit den Beiden rumgekuschelt. Aber Alex, so hieß der Mann, war wohl übervorsichtig, und meinte, das der

Kleine, obwohl er von einer Tierärztin kam, erst mal bei einem hiesigen Tierarzt total durchgecheckt werden sollte. Na ja, sein gutes Recht. Ute ist dann am nächsten Tag mit Tommy und den vermutlich neuen Besitzern zu Manolo, einer unserer hiesigen Tierärzte, gefahren. Tommy wurde total durchgecheckt, geröngt, auf „Herz und Nieren" untersucht und auch noch per Ultraschall gecheckt. Dann wurde noch ein Blutbild erstellt, mit dem Ergebnis das alles in Ordnung ist, das Tommy ein total gesunder Hund ist. Die komplette Untersuchung hat Alex bezahlt, und das war nicht wenig.

Die „neuen Besitzer" haben sich hier in der Nähe mit Hund in ein Hotel eingemietet und haben sich drei Tage, in denen sie auch immer wieder bei uns waren, mit Tommy beschäftigt.

Ute war sich eigentlich nicht sicher, ob sie den kleinen Kerl überhaupt noch abgeben wollte, ich allerdings auch nicht. Aber was soll's, vermittelt ist vermittelt!! Na ja, am letzten Tag ihres Aufenthaltes hier bei uns, kam dann ein Einwand, den wir allerdings auch verstehen konnten: Sie wollten am nächsten Tag zurück nach Frankreich fliegen. Anschließend wollten sie für so ca. fünf Wochen nach Thailand, in ihr dortiges, riesiges, Haus, fliegen. Ihr eigener Hund kannte die Strapazen des langen Fluges schon, und auch die Verhältnisse in Thailand. Dem kleinen Tommy wollten sie das nicht zumuten, was wir durchaus verstehen konnten. Also fragten sie uns, ob wir Tommy solange bei uns behalten wollten, und Anfang September, wenn sie zurück wären, wollten sie dann wieder herkommen und Tommy abholen. Wir waren sofort einverstanden, und so wurde es dann auch gemacht. Futtergeld hat Alex uns auch noch gegeben, und Tommy blieb erst mal noch für ca. sechs Wochen bei

13

uns. Wir hatten den kleinen Kerl ja sowieso schon viel zu lieb gewonnen. Und Floh und Benny ebenfalls.

Die Wochen vergingen, und wir haben nichts von Alex und Frau gehört. Wir haben uns mal unter der Internetadresse von Alex umgeschaut. Alex, das hatte er uns allerdings schon erzählt, handelte mit Luxusautos. Scheint sich zu Rechnen, wir fanden jedenfalls in Thailand unter seiner Adresse ein riesiges, schmuckes Haus, ganz toll. Übrigens, Alex's Frau, eine Thailänderin, arbeitet in Toulouse bei Aerospace.

Anfang September tat sich erst auch nix, und ich habe dem Tommy versprochen, wenn ihn die Beiden nicht abholen kommen, bleibt er einfach bei uns. Da wir gerade Besuch hatten, haben das alle gehört, und Ute ist auch sofort darauf angesprungen und hat mich „festgenagelt", quasi unter Zeugen. Ich wollte eigentlich immer nie mehr als zwei Hunde als „unsere" haben, aber versprochen ist versprochen!!! Doch irgendwann rief Alex bei uns an, und teilte uns mit, das sie wieder in Spanien, in Sevilla, seien. Sie wären dort auch noch mal im Tierheim gewesen, und da sei ihnen förmlich eine ganz tolle Hündin vor die Füße gefallen, und die hätten sie gleich mitgenommen, und ob wir böse wären, wenn sie uns den Tommy schenken würden??? Waren wir natürlich nicht, und seid dem ist auch Tommy unser eigener Yorkie, und alles ist ganz toll!!

Alex und Frau wollen uns aber irgendwann besuchen, schauen wir mal.

Tja, so kann es kommen!! Es wird eigentlich nie langweilig bei uns.

Im April und im Juli des Jahres 2011 ist Ute für jeweils ein paar Tage, zwecks Hunde und Katzen, nach Berlin geflogen, und im Mai 2012 ist sie dann mit Hunden und Katzen wiederum nach Berlin geflogen, allerdings auch nur für ein paar Tage. Im Anschluss daran ging es dann für ein paar Tage nach Nürnberg, zum Hundetreff. Immer unterwegs in Sachen Hunde!!
Ende Februar 2013 musste Ute, um ihren Personalausweis zu erneuern, nach Deutschland, nach Großenkneten. Waren ein paar Tage „Frieren" angesagt.
So einige „Feten" haben wir in den letzten Jahren auch unbeschadet überstanden.
Aber bei uns ist nicht nur Stress und Hektik, nein relaxt wird auch, wie man sieht:

HF Jan. 2014 La Manga

15

DAS 6te KAPITEL

Januar 2014 bis 03.08.2016

Horst Friese

Das 6te Kapitel

Bei Durchsicht meiner Unterlagen habe ich festgestellt, das ich schon über 2 Jahre nichts mehr geschrieben habe. Es wird also so langsam Zeit, das ich mich mal an die Ereignisse der letzten Zeit erinnere und zu Papier bringe. Sicherlich nicht so einfach. Das erste Halbjahr des Jahres verlief eigentlich, außer so etlichen Essen und Feten, ohne weitere Ereignisse. Uns und unseren Tieren ging es noch immer gut.

Vom 16.07.2014 bis zum 27.07.2014 war ich in Deutschland, in Bad Zwischenahn. Da wir andauernd so viele Tiere bei uns

1

zu Hause haben, und diese nicht irgendwo in Pflege geben können, musste ich leider alleine nach Deutschland fliegen. Der Zweck meiner Reise nach „Old Germany" war, so diverse Arztbesuche wahrzunehmen, und so etliche Freunde wieder zu sehen. Um das alles auf die „Reihe" zu bekommen hatte ich einen Leihwagen gemietet. Gewohnt habe ich während meines Deutschlandaufenthaltes bei meinem Bruder Günter und meiner Schwägerin Helga in Rostrup, Bad Zwischenahn. Allerdings war ich dauernd „auf Achse" und die beiden haben mich nicht viel gesehen.

Die Arztbesuche ergaben: alles oK. Die Ohrenärztin musste ich erst davon überzeugen, das ich zwei Hörgeräte benötigte. Nach so einigem „Hin und Her" hat sie dann die Hörgeräte verschrieben, und der Hörgeräteakustiker Hahm in Oldenburg hat es tatsächlich geschafft, mir innerhalb von ein paar Tagen die entsprechenden Hörgeräte anzufertigen und einzustellen. Ist inzwischen schon über 2 Jahre her, und ich bin immer noch sehr zufrieden mit diesen Dingern.

Ja, und dann habe ich auch noch so etliche Freunde, die in Norddeutschland verteilt wohnten, besucht. War ganz toll!! Blieb natürlich nicht aus, das ich in diesen 10 Tagen in Deutschland über 2500 Km mit dem Leihwagen gefahren bin, und des öfteren erst so gegen 02,00, oder 03,00 Uhr wieder in Rostrup war.

Außer unseren drei Hunden, Floh, Benny und Tommy, hatten wir noch zwei kleine Hunde in Pflege. Am 11.08.14 kamen dann noch zwei kleine Welpen, die Ute mit der Flasche aufpäppeln musste, dazu. TOM und JERRY.

Über TOM und JERRY habe ich eine eigene Kurzgeschichte geschrieben. Nun hatten wir sieben Hunde in unserer kleinen Casa, und in ein paar Wochen hatte Ute einen Arzttermin in Deutschland!?!?!? Ich alleine mit sieben Hunden!!! Na, mal schauen!! Ich hatte ja zugestimmt!! Glück gehabt: eine Woche vor Ute's Abreise nach Deutschland konnte Ute zwei Hunde vermitteln und per Flieger nach Deutschland schicken, und einen Tag vor ihrer Abreise hat Annette die Beiden, TOM und JERRY, mit dem Auto mitgenommen, nach Deutschland. Somit hatte ich nur unsere Drei, und die Katzen, die ja ohnehin den ganzen Tag unterwegs waren.

Am 24.09.2014 ist Ute dann, wecks Hüftoperation, nach Deutschland geflogen. Während Ute 2 Monate, Krankenhaus und Reha, in Deutschland war, habe ich mich in Spanien mit unseren Hunden und Katzen beschäftigt. Am 17.11.2014 konnte ich Ute dann wieder vom Flieger in Alicante abholen, und das normale Leben konnte, nach einer „Eingewöhnungszeit", wieder aufgenommen werden. Ute kann nun auch wieder laufen wie eh une je. Auch in den Bergen!!

Der Rest des Jahres 2014 verlief dann, mit so einigen Essen und Feten ganz normal. Mal mehr Hunde, und auch mal weniger (aber das kaum).

Anfang Januar 2015 kamen uns die Familie Petter, Wirtsleute vom Bootshaus des SWE in Elsfleth, mit ihrem Wohnmobil auf dem Caravaning besuchen.

Bootshaus des SWE in Elsfleth

Die Beiden hatten Grünkohl, mit allem Zubehör, von Deutschland mitgebracht, und am 06.01.15 hat Gerd in unserer Küche Grünkohl gekocht, mit allem was dazu gehört. Original Grünkohl in Spanien!!! Wer hat das schon?!?!?!

Am 15.04.15 ist Ute für eine Woche zwecks Nachkontrolle ihrer neuen Hüfte nach Deutschland geflogen.

In diesem Jahr haben wir auch Susanne Novak persönlich kennen gelernt. Susanne hat eine Finca in der Nähe von San Miguel de Salinas, so 65 Km von uns weg. Auf ihrer Finca leben jede Menge Hunde, große und kleine, jede Menge Katzen, Hühner, Enten und zwei Esel. Einmal im Monat veranstaltet Susanne ein „Fincafest" mit Grillen, Salaten, Kuchen und die verschiedensten Getränke, und Livemusik.

Ist immer sehr schön da, und es kommen auch immer viele Leute.

4

Meistens aus der Gegend von Torrevieja. Wir werden dann immer begrüßt, als die, die von weitesten herkommen. Susanne macht das alles, von so einigen „fragwürdigen Helfern" abgesehen, ganz alleine, und ist natürlich auch von „Spenden" und „Vermittlungen" abhängig. Und auch manchmal ganz schön fertig!!

Nach wiederum so einigen Grillfeten

5

und Forellenräuchern

in den nächsten Monaten, kam mal wieder etwas Schwung in unser Leben, in Verbindung mit unserem ehemaligem Beiboot, welches wir ja noch so ab und an hier im Mar Menor benutzen. Da ich es ganz fürchterlich finde, immer so schief im Boot an der Außenborderbedienung zu sitzen, habe ich die Steuerung umgebaut.

So umgebaut konnte ich nun per „Steuerrad" und Gashebel das Boot ganz bequem fahren. Ich habe sogar ein Echolot eingebaut, wie man auf den Bildern sehen kann. Da Ute immer keine Zeit hatte, weil sie inzwischen mit der Hundevermittlung unwahrscheinlich viel zu tun hatte, bin ich des öfteren alleine mit unserer „Kleinen ORION" im Mar Menor unterwegs gewesen. Von Insel zu Insel, und von Hafen zu Hafen, und immer „Volle Pulle".

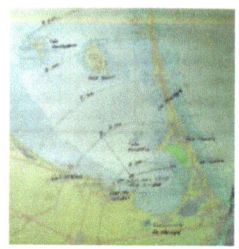  

Wie gesagt, ich bin so einige male unterwegs gewesen, war auch immer supertoll, bis zum 14.07.2015. Da war alles ganz anders, nur das Wetter war, wie immer, supertoll:

Also, ich fuhr, bei wenig Wind und Wellen, mit unserem Miniboot in Richtung Los Nietos. Vollgas!!! Da ich alleine an Bord war, stand bei Vollgas das Boot vorne ganz schön hoch. In Höhe Mar Cristal wollte ich mal sehen, ob das Boot gerade im Wasser liegt, wenn ich mich nach vorne setze. Ich bewegte mich also langsam nach vorne. Dadurch wurde das Boot natürlich hinten entlastet, und vorne belastet. Ohne Fahrt im Boot wäre das auch kein Problem gewesen, aber bei voller Fahrt!!! Also, das Boot schnitt vorne unter, tauchte ab und kenterte!!!! Ich natürlich kopfüber ins Wasser! Boot schwamm Kieloben, und ich daneben! So ca. eine Meile vom Ufer weg. Na ja, erstmal meine Mütze eingesammelt, wegen Sonnenbrand auf der Glatze. Dann das treibende Boot gegriffen, eine Leine genommen, und in Richtung Ufer geschwommen. Ganz schön weit!!! Aber, als ich mich mal so in der Runde umsah, kam da doch tatsächlich ein Boot von der Seenotrettung aus Islas Menores an gerauscht. Die haben mich dann zur Bucht vor dem Caravaning geschleppt. Dort habe ich das Boot wieder aufgerichtet und an meine Boje angebunden. Der Motor war natürlich unter Wasser, aber der läuft inzwischen wieder!!

Ute hat sich kaputtgelacht, als ich so ohne Hemd und barfuss angelatscht kam, und berichtet habe.

Ja, so kann es kommen!!

Ach ja, da war ja noch die Sache mit Vodafone, unseren damaligen Internetanbieter. Als wir damals den Internetanschluss von Vodafone bekamen, waren es etwa 3 GB und so etwa 30,00€ im Monat (so genau weiß ich das nicht mehr). Lief jahrelang supergut. So etwa im Jahre 2013 ließ die Internetleistung gegen Ende des Monats abrupt nach. Nach so einigen Monaten sind wir zur Vodafone-Vertretung nach Cartagena gefahren und haben Beschwerde eingelegt. Uns wurde mitgeteilt, das wir einen neuen Vertrag machen müssten, und zwar 6 GB und so um die 40,00 €. Haben wir gemacht, und es funktionierte wieder, aber leider nicht lange, dann trat das gleiche Problem wieder auf. Nach so einigem „Rumgekasper" mit Vodafone wurde der Vertrag auf 10 GB und so etwa 54,00 € monatlich geändert. Da Ute ständig wegen der Hundvermittlung im Internet ist, und ich auch so einige Male am Tag, sind wir leider darauf eingegangen. Aber als dann schon Mitte des Monats akuter Leistungsverlust seitens Vodafone auftrat, haben wir uns einen anderen Internteanbieter ausgesucht und haben Vodafone gekündigt. War zwar recht umständlich, aber es hat funktioniert. Wir sind jetzt schon seit dem 28.07.2015 bei TELEAST, 6 GB für 23,00 € im Monat, und wir haben keinerlei Probleme. Vodafone hat uns gar fürchterlich betrogen, nicht zu empfehlen!!!

Ja, dann kam etwas ganz fürchterliches: unser kleiner TOMMY ist durch einen schrecklichen Unfall bei uns zu Hause, grstorben. Wie sich sicher jeder vorstellen kann, brach die Welt für uns zusammen. Es traf niemanden irgend eine Schuld, es ist einfach passiert. Nun ist TOMMY in einer kleinen Urne bei uns.

Aber da ja bekanntlich kein Unglück alleine kommt, ist unser BENNY am 24.10.2015 auch noch gestorben. Er hatte sich allerdings schon seit etwa zwei Jahren mit Stuhlgang- und Pipi-Problemen gequält. Nach mehreren Kathedern wurde festgestellt, das seine Blase voller Steine war. Nach einer Blasenoperation ging es wieder für ein paar Wochen. Per Ultraschall hat man dann ein Gewächs, jeweils an der Prostata und an der Niere festgestellt. Medikamente und Spezialfutter haben die Situation nicht verbessern können, und es wurde immer schlimmer. Nach neun Jahren war sein Leben leider schon zu Ende, und wieder brach für uns die Welt zusammen. Auch BENNY ist in einer Urne bei uns.

Am 21.11.2015 bekamen wir aus der Tötung in Almeria einen kleinen, völlig verfilzten Yorkshire-Terrier, einen Rüden, gebracht, und wir haben sofort gesagt, das der kleine Kerl bei uns bleibt, und so ist es auch. Wir haben ihn **BENJI** genannt.

Am 08.12.2015, wir waren bei Susanne zum „Haus der offenen Türe", hat das Schicksal wiedermal zugeschlagen, und zwar in Form einer ganz kleinen Yorkshire-Hündin. Diese kleine Maus lief bei Susanne rum, und sah wirklich nicht sehr gut aus. Sie kam von einem „Vermehrer", war so sechs Jahre alt und hatte durchtrennte Stimmbänder. Aber sie hat sich sofort in unsere Herzen geschlichen, und wir haben sie von Susanne adoptiert, heißt **TRIANA**, und ist nun bei uns der Dritte im Bunde!!

Wer unsere Geschichte verfolgt , wird sicher bemerkt haben, das wir immer mehr Hunde auf unserer kleinen Parzelle beherbergen und pflegen bis diese dann vermittelt werden können. Eigentlich geht das überhaupt nicht. Aber weil wir immer darauf achten, das bei uns die Hunde nicht unnötig Bellen, hatten wir bisher auch noch keine Probleme, im Gegenteil, sogar das Wachpersonal bringt uns Hunde, die sie irgendwo, am Zaun angebunden, gefunden haben. Aber, wir mussten uns irgendwas einfallen lassen. Unsere Casa war ja nun vollkommen fertig, und ich hatte in Richtung „Bauen" nix mehr zu tun. So ab und an eine kleine Reparatur, oder eine kleine „Verbesserung", oder auch für Bekannte irgenwas zu reparieren, ist auch nicht unbedingt das „gelbe von Ei". Irgendwann im Jahre 2015 haben wir dann beschlossen, unsere Parzelle komplett zu verkaufen, und uns stattdessen hier in der Nähe eine Finca mit so etwa ein bis zweitausend Quadratmetern Grundstück zu kaufen. Dazu haben wir uns allerdings erst einmal umgesehen, ob so etwas, in unserer Preisklasse, überhaupt zu haben ist. Also haben wir so diverse Makler angeschrieben und haben uns auch so einige Objekte angeschaut. Es ist durchaus machbar, aber erst müssen wir ja unsere Casa verkaufen, und das ist wirklich nicht so einfach. Wir hängten ein „SE VENDE-Schild" an unsere Casa und ….. mal abwarten. Für uns ist die Parzelle und die Casa groß genug, aber wir wollen ja alles für die Hunde machen. Wenn's klappt, gut, wenn nicht, ist's auch so!! Ist also kein ungeheuerer Druck da, der uns belasten könnte. Alles um uns herum reagierte mit Erstaunen und mit Gegenargumenten. Wir denken mal, das uns keiner so richtig versteht, aber das macht nix!! So ab und an interessierte sich auch jemand für unsere Casa, aber das war wohl nur Neugierde.

Allerdings wollten wir auch auf einer Finca nicht unbegrenzt viele Hunde aufnehmen, denn dann kann man den Hunden nicht mehr gerecht werden, und das wollen wir auf keinen Fall, dann lassen wir es lieber so, wie es jetzt ist !!
Am 04.10.2015 haben uns Jutta und Klaus hier auf dem Caravaning besucht.

Wir hatten für die Beiden in unserer Nähe eine Parzelle mit Mobilheim gemietet. Am 14.10.2015 habe ich dann Jutta und Klaus wieder zum Flieger nach Alicante gebracht. Die Zwei waren im Jahre 2007 das letzte Mal bei uns, da wohnten wir noch auf unserer >ORION< im Hafen von Los Nietos.

Das Jahr 2015 ging ansonsten problemlos zu Ende, und das neue Jahr konnte mit neuen Überraschungen beginnen.
Das Erste war, das mein Bruder Günter und meine Schwägerin Helga mit ihrem Wohnmobil in unserer Nähe auftauchten, und zwar auf dem Campingplatz MARJAL, in der Nähe von Crevillente. Sie wollten nicht weiter fahren, und wir haben die Beiden zwei mal dort besucht. War immer sehr schön!!
Helga und Günter waren sonst immer den ganzen Winter, so 6 Monate, unterwegs, haben jetzt aber auf die Hälfte verkürzt.

Am 05.04.2016 habe ich Ute's Sohn Timo vom Flieger in Alicante abgeholt. Er war zwar schon einmal Anfang 2004 mit seiner Schwester Tanja und seinem Vater, Ute's Ex, für 4 Tage, mit dem Wohnmobil bei uns, aber da wohnten wir, wie gesagt, noch auf dem Schiff. Nun wollte er mal schauen, wie wir jetzt wohnen. Wir haben Timo ein paar Parzellen weiter in einem Wohnwagen untergebracht, zum Schlafen. Gelebt hat er dann bei uns. Nachdem wir ihm hier in der Gegend so etliches gezeigt hatten,

ist Timo dann am 21.04.2016 wieder nach Hause geflogen. Er will uns aber möglichst bald mal wieder besuchen. Hat ihm gut gefallen. Schauen wir mal!!!

Für den 03.07.2016 hat sich meine Enkelin Lisa mit ihrem Freund Mathis bei uns angemeldet, und zwar bis zum 12.07.2016.

Da just zu diesem Zeitpunkt unsere Freunde Irmi und Peter in Deutschland sind, haben sie uns ihre Casa, auf dem Caravaning, für die Beiden angeboten. Dort konnten sie dann „Schalten und Walten" wie sie wollten. Wir haben die Beiden, so oft es bei der Wärme möglich war, überall hin mitgenommen, und Abends waren sie meistens zum Essen und zum plaudern bei uns. War recht schön, und beide sagten, das sie noch mal kämen, dann aber nicht im spanischen Hochsommer, denn Mittags kann man sich eigentlich nur unter der Klimaanlage oder im Wasser, Mar Menor oder Mittelmeer, aufhalten. Aber sie konnten zur Zeit nur in den Ferien, wegen Berufsschule, Urlaub nehmen.

Zwischendurch, also am 07.07.2016 bekamen wir noch, für 14 Tage, weiteren Besuch aus Deutschland: Ute, eine alte Freundin von mir, deren Mann Jürgen vor zwei Jahren gestorben ist, mit ihrer Tochter Anne. Ute und Jürgen waren im April 2009 schon einmal für eine Woche bei uns. Damals hatten wir für die Beiden ein Mobilheim gemietet, und es war auch eine schöne Zeit mit den Beiden. Für diese beiden Damen hatten wir, ebenfalls in unserer Nähe, eine Parzelle mit Mobilheim gemietet.

Auch mit den Beiden haben wir so einiges unternommen, allerdings, wegen der Wärme, nur gegen Abend. Mit dem Auto konnten wir leider nur ohne Hunde irgendwo hin fahren, waren leider nicht Hundefreundlich. War nicht einfach für uns. Na ja, ging so, und am 21.07.2016 habe ich die Beiden wieder zum Flieger nach Alicante gebracht. Sie wollten sich zwar melden, wenn sie wieder gut gelandet sind, aber bis Dato haben wir noch nix vernommen!?!?!? Lisa und Mathis hatten sich sofort, als sie wieder zukück waren, gemeldet, aber bei „Erwachsenen" ist das wohl mit Schwierigkeiten verbunden?!?!?!?!

Nun ist wieder Ruhe bei uns eingekehrt, und wir kümmern uns, wie eigentlich immer, um unsere und andere Hunde.

Unsere vielbewunderte Pinnwand mit allen vermittelten Hunen ist inzwischen auch voll. **171 Hunde.** Jetzt muss ich mir mal wieder Gedanken über eine neue Pinnwand machen. Das Problem ist, wohin damit??? Also, muß doch eine Finca her, schon wegen der Pinnwände, die noch kommen sollen, und nicht nur für die ganzen Pflegehunde!!!

 Zur Zeit haben wir mal wieder, außer unseren eigenen drei noch zwei Pflegehunde zur Vermittlung. Ein Dritter ist gestern, am 02.08.2016, nach Deutschland geflogen. Schauen wir mal, wie es weitergeht!?!?!?
Auf jeden Fall fühlen sich alle unsere Hunde in ihrer komfortabelen „Hundehütte" sauwohl, und das Beste ist, das wir auch bei ihnen wohnen dürfen!!!

Horst Friese
La Manga, den 03.08.2016